感官真奇妙

認識 五種感官

〔意〕Agostino Traini 著 / 繪

張琳 譯

新雅文化事業有限公司
www.sunya.com.hk

水先生和他的朋友們一起玩捉迷藏。
水先生閉上眼睛，開始數數，從1到100。
「1，2，3，4，5……」

快跑呀，記得把
自己藏好哦！

呼——呼——

布佐尼船長、鯨魚妮娜、烏賊馬里奧、螃蟹利諾
和章魚蜜兒開始向四處跑開，紛紛躲了起來。

背泳真舒服！

思考點

海底是一個奇妙的
世界，但也充滿了
危險，小朋友，你
知道章魚和烏賊是
怎樣躲避危險的
嗎？

答案：
每當章魚遇到敵人，會往身
體噴出墨汁的「煙幕」，趁著煙
幕瀰漫、敵人看不清的時候，
�
乘機逃跑。

「……98，99，100！」
終於數到100了，水先生睜開眼，向四周望了望。

他們藏到哪裏去了呢？

我也想和你們一起玩！

向前走了一會兒，水先生看到水裏有一團一團黑色的墨汁，就像烏雲。

「我知道墨汁是什麼！」水先生想。

是誰藏在這裏？！

知識點

船在海上航行用什麼辨別方向？

在海上航行時，我們可以通過指南針來辨別方向，同時也可以利用自然界的太陽、北極星和洋流等來辨別方向。小朋友，等你長大一點就可以學習這些知識，使用這些自然「工具」了。

烏賊為什麼會噴出墨汁？

烏賊身體裏有一個墨囊，當牠們遇到危險時，就會噴射出墨汁，讓周圍的海水變黑，然後趁機逃跑，這是牠們躲避危險、保護自己的方式。

「肯定是烏賊馬里奧！」當水先生看到他的朋友藏在水草間時，他興奮地叫了起來。

眼睛是用來看的。

眼睛負責的感官是視覺。

當水先生開始尋找其他朋友時，海上起了濃霧，現在什麼也看不見了。

你為什麼變得那麼灰？

知識點

霧是怎樣形成的？

當空氣中含有大量的水蒸氣，同時，地面上的溫度降低，這時，水蒸氣就會慢慢凝結形成霧。當霧很大時，為了保證安全，在空中飛行的飛機就有可能因為看不清楚而停止飛行。

鯨魚妮娜把自己藏在深色的大岩石中間。
霧真的很濃啊！根本分辨不出誰是誰。

手是用來觸摸的。

水先生心想：「我現在不能用眼睛看見他們，但是我可以用觸覺啊。」

於是他把每一塊岩石都摸了一遍。

手負責的感官是觸覺！

知識點

手對我們有多重要呢？

手是我們非常重要的一個身體器官，我們用手來吃飯、洗臉、寫字、穿衣服，和爸爸媽媽牽手……不過，請記得一定要經常洗手、保持雙手乾淨，這樣才不容易生病！

鯨魚為什麼會噴出水柱？

當鯨魚呼吸時，牠們會游到海面上，利用頭上的鼻孔呼吸，這時，身體裏巨大的氣體就會衝出鼻孔，同時把海水也一併噴向天空，遠遠看上去就像一個小噴泉。

「妮娜，找到你了！」當水先生摸到他的朋友時，他興奮地叫了起來。

「我能發現你，是因為你比岩石柔軟，而且比岩石溫暖！」水先生說。

找到你啦！

現在水先生要去找其他朋友了。這可不容易，因為他們都藏得太隱蔽了。

我們的舌頭可以辨別出各種不同的味道,小朋友,想一想,你已經品嘗過哪些味道?請告訴爸爸媽媽或是你的朋友吧!

水先生繼續閉着眼睛四處尋找:「只有這樣,我才能把注意力集中在其他幾個感官上……」

把他們全部都找出來!

游到靠近海底的一個大洞穴時，水先生嘗了一口海水，這裏的水可真甜啊。

舌頭是用來嘗味道的。

舌頭負責的感官是味覺！

思考點

海水是什麼味道的？

答案：
海水的味道可不太甜啊，它嘗起來往往鹹鹹苦苦的。這是因為海水含有多種鹽類和其他物質，比如鈣化鈉和鎂化鈣等。

「章魚蜜兒，你就在這裏！」水先生興奮地大叫起來，「我知道你在洞穴裏！」
　　章魚蜜兒十分驚訝，自己竟然會被發現。

我要去冒險！

她可沒想到，是自己手中的棒棒糖融化在水裏，海水就變甜了。

咖啡真香啊！

為什麼舌頭能辨別不同的味道？

人的舌頭上長有很多小疙瘩，味蕾就藏在其中，它們就像一個個的味覺感受器，人們就是靠味蕾嘗出不同的味道的。不過，舌尖對甜味最敏感，而舌頭的根部則對苦味的感受最強烈。

頭髮會越長越長，
那麼手上和腿上的
毛髮也會越長越長
嗎？

不會。這是基因決定
的，手上和腿上的毛
髮長到一定長度，就
會自然脫落。

「現在只剩下最後兩個朋友了，」水先生一邊想，
一邊在大霧中繼續搜尋。

我剛去剪了一個
新髮型！

布佐尼船長非常自信，但他忘記了自己身上那股刺鼻的氣味，這可逃不過水先生的鼻子。

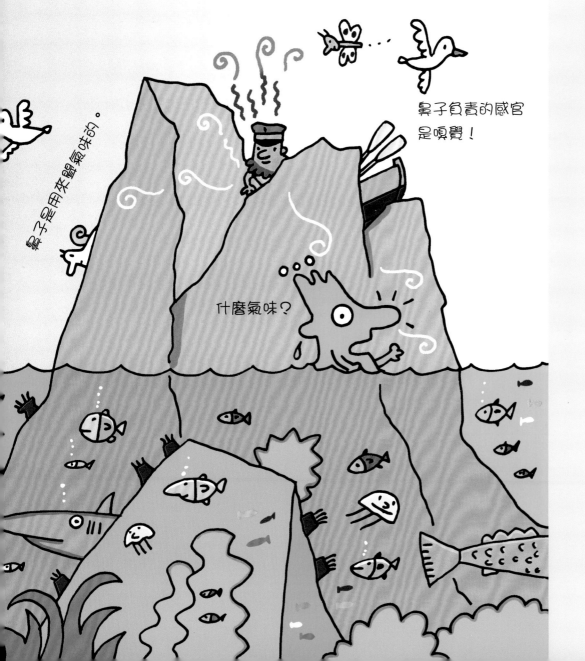

鼻子是用來聞氣味的。

鼻子負責的感官是嗅覺！

什麼氣味？

趣味點

鼻子除了可以用來聞東西外，還有什麼功用？

答案：呼吸。

「布佐尼船長，我知道你就躲在這裏！」水先生大叫起來，「快從那塊岩石上下來，我聞到你身上的氣味了！」

真難聞！

接下來，水先生要去尋找最後一個朋友——螃蟹利諾。

為什麼螃蟹會橫着走路？

螃蟹會橫着走，是因為牠們的蟹腳只能向下彎曲，也就是說牠們只能上下活動，這樣牠們在左右橫着行走時，速度遠遠快於向前行走。所以，螃蟹一般都是橫着走路，這樣遇到敵人也能以最快的速度逃跑啊。

只剩最後一個了！

有寶藏！

螃蟹利諾藏在一艘沉船的殘骸裏。

「躲在這裏，水先生肯定找不到我的！」利諾很自信，他正在為自己準備水草沙拉吃呢。

章魚蜜兒送給我
一根棒棒糖！

「唉嚓！唉嚓！唉嚓！」螃蟹利諾用自己的大鉗子剪水草，聲音傳到了水先生的耳朵裏，他停下來仔細聆聽。

耳朵是用來聽的。

耳朵負責的感官是聽覺！

魚到底有沒有耳朵？

雖然從外觀來看，魚好像沒有耳朵，但實際上，魚的耳朵長在身體裏。魚的耳朵除了聽聲音以外，還有一個重要的功能——就是保持身體平衡。

「嗨，螃蟹利諾！我知道你藏在這裏！」水先生發現了他的朋友，興奮地叫了起來。

全部找到了！

捉迷藏真好玩，朋友們決定再玩一次。
但是布佐尼船長躲到哪裏去了？

音樂真好聽！

趣味點

小朋友，你喜歡聽
音樂嗎？你覺得最
好聽的歌曲是哪一
首呢？請你和爸爸
媽媽或同學説一説
吧。

為什麼要洗澡？

我們的皮膚會分泌汗液和油脂，還會產生一些小小的皮屑，如果和空氣中的灰塵混合在一起，會令皮膚痕癢，一些細菌也會滋生，所以我們要洗澡來清潔身體。

原來，狡猾的船長去洗澡了，他說：「這樣一來，水先生就再也聞不到我身上的臭味了……」

水先生笑着回答：「你的臭味是聞不到了，不過我可以聞到沐浴露的香氣哦！」

現在你聞起來有蜂蜜的味道了！

科學小實驗

現在就來和五種感官一起玩遊戲吧！

你會學到許多新奇、有趣的東西，
它們就發生在你的身邊。

這是什麼聲音？

你需要：

 一條毛巾

 可以發出聲音的物品

難度：

幾個朋友

做法：

 用毛巾蒙住一個朋友的眼睛，並叮囑他不能要賴，不能偷看！

2 站在被蒙住眼睛的朋友面前，發出幾種不同的聲響：拍手、搖晃一個裝著硬幣的瓶子、快速合上一本書，或是把一個網球打到牆上讓它彈起來，都可以。

3 現在輪到朋友來猜剛才的聲音是什麼物品發出的。看看他能夠猜對多少？

4 你們可以互換角色！請朋友把你的眼睛蒙上，然後由他發出各種聲響，你來猜……

通常情況下，我們會同時運用所有的感官：當「缺少」了其中一個（比如，當我們把眼睛蒙住），僅用其他的感官來判斷，你會發現並不容易。不過，經過訓練，你會發現越來越容易……

魔法口袋

你需要：

 一條毛巾

 一個布袋

一副手套

 所有你想到的物品

難度：

 幾個朋友

做法：

 ① 用毛巾蒙住一個朋友的眼睛，並叮囑他不準偷看！

28

把所有的物品放到布袋裏。

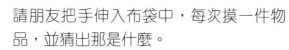

 請朋友把手伸入布袋中，每次摸一件物品，並猜出那是什麼。

 請朋友說說：它是光滑的還是粗糙的？它是輕的還是重的？它是軟的還是硬的？它是有稜角的還是圓滑的？

在這個遊戲中，你們也可以比賽誰猜出的物品最多。還可以試試戴上手套後再摸物品，然後猜出它們是什麼。這樣會更容易還是更困難呢？

好奇水先生
感官真奇妙

作者：〔意〕Agostino Traini
繪圖：〔意〕Agostino Traini
譯者：張琳
責任編輯：曹文姬
美術設計：何宙樺
出版：新雅文化事業有限公司
香港英皇道499號北角工業大廈18樓
電話：（852）2138 7998
傳真：（852）2597 4003
網址：http://www.sunya.com.hk
電郵：marketing@sunya.com.hk
發行：香港聯合書刊物流有限公司
香港荃灣德士古道220-248號荃灣工業中心16樓
電話：（852）2150 2100　傳真：（852）2407 3062
電郵：info@suplogistics.com.hk
印刷：中華商務彩色印刷有限公司
香港新界大埔汀麗路36號
版次：二〇一五年五月初版
二〇二一年十月第三次印刷
版權所有·不准翻印

ISBN: 978-962-08-6312-7
©2013 Edizioni Piemme S.p.A., via Corso Como, 15 - 20154 Milano - Italia
International Rights © Atlantyca S.p.A. - via Leopardi 8, 20123 Milano,
Italia - foreignrights@atlantyca.it - www.atlantyca.com
Original Title: I Cinque Sensi Giocano a Nascondino
©2015 for this work in Traditional Chinese language, Sun Ya Publications (HK) Ltd.
18/F, North Point Industrial Building, 499 King's Road, Hong Kong
Published in Hong Kong, China
Printed in China